Withdrawn

# Ch'ał Tó Yinílo'
# Frog Brings Rain

Written by
Patricia Hruby Powell

Illustrated by
Kendrick Benally

Navajo by
Peter A. Thomas

Library of Congress Cataloging-in-Publication Data

Powell, Patricia Hruby, 1951-
  Frog brings rain / written by Patricia Hruby Powell ; illustrated by Kendrick Benally ; translated by Peter Thomas ; edited by Jessie Ruffenach.-- 1st ed.
     p. cm.
  In English and Navajo.
  ISBN 13: 978-1-893354-08-1
  ISBN 10: 1-893354-08-3
(hardcover : alk. paper)
  I. Benally, Kendrick. II. Thomas, Peter, 1951 Oct. 4- III. Ruffenach, Jessie. IV. Title.
  PZ90.N38P69 2006

                    2005006344


Edited by Jessie Ruffenach
Navajo Translation by Peter Thomas
Navajo Editing by the Navajo Language Program at Northern Arizona University
Designed by Bahe Whitethorne, Jr.

Printed in China

First Printing, First Edition
12 11 10 09 08 07 06  10 9 8 7 6 5 4 3 2 1


The paper used in this publication meets the minimum requirements of the American National Standard for Information Sciences —
Permanence of Paper for Printed Library Materials, ANSI Z39.48-1984.

Salina Bookshelf, Inc.
Flagstaff, Arizona 86001
www.salinabookshelf.com

*For my sister Monica who is generous like Frog.*
— Patricia Hruby Powell

In memory of Brian, Melissa, and Audrey
*Three inspired people whose work lives on*
— Salina Bookshelf

Nahasdzáán t'óó 'índa hadilyaa yéędą́ą' dóó naaldlooshii Bíla' Ashdla'ii nahalingo nahasdzáán yikáá' nídadikah yéędą́ą', tsin bits'áoz'a' ła' dook'ą́ą́łgo dził bighą́ą'di bee hodiiłtłah. Nílch'ih Ashkii 'éí kǫ' yisołgo dził t'áá dį́į́'déę' yéego diiltłah. Áłtsé Dine'é kéédahat'ínée bich'į'jigo hodook'ą́ą́ł.

When the world was new and Animals walked the earth the equals of People, a burning branch set the mountaintop on fire. Wind Boy blew and the fire blazed on all four sides of the mountaintop. Fire crept toward the village of the First People.

"Haashą' yit'éego díí kǫ' yéego dook'ą́lígíí dadíníiltsis?" níigo 'Áłtsé 'Asdzą́ą́ na'ídééłkid.

"Tó lá kǫ' yidínóołtsis ni," ní 'Áłtsé Hastiin.

"Dził bąąhgi tó 'ádin," ní 'Áłtsé 'Asdzą́ą́. "Dził bąąhgóó tó ła' dadiikááł."

Ákódííniid dóó bik'ijį', Áłtsé 'Asdzą́ą́ tó siyínígóó níyá. Tó siyínígíí bibąąhgi, 'Áłtsé 'Asdzą́ą́ lók'aa' ła' yizhbizh áádóó hashtł'ish lók'aa' yishbizh yę́ę yitát'ah ayiiztłéé' dóó yee tó bee naat'áhí 'áyiilaa. 'Áádóó ch'ałdą́ą́' bikétł'óól yizhbizhii' tł'óół yee 'áyiilaa, tó bee naadlo' biniiyé. Tó bee naat'áhí tó yii' haidééłbįįd áádóó Naat'agii Dine'é 'íiłní, "Háílá díí tó dziłgóó yidoolohgo kǫ' yee yidínóołtsis?"

"Shí 'éí dooda," ní Zahalánii. "Łid shizhí yą́ąh dahwiidooł'aał áádóó biniinaa doo hashtaał da dooleeł."

"Shí 'éí dooda," ní Biizhii. "Łid shináá' yą́ąh dahwiidooł'aał. T'áá shǫǫ tł'ée'go ch'osh bił niheshdeeł yę́ę, shináá' doo bee 'eesh'į́į da dooleeł.

"Shí 'éí dooda," ní Tsídiiłtsooí. "Łid shit'a' ałtso yidoołchxǫǫ́ł, áko doo bits'á'di'nílíid da doo."

"How will we put out this huge fire?" First Woman asked.

"Water will put out the fire," said First Man.

"There is no water on the mountain," said First Woman. "We must take water to the mountain."

With those words, First Woman went to the edge of the lake. She wove reeds and pressed clay into the web to form a jug. From lily roots, she braided a carrying rope. She filled the jug and asked the Bird People, "Which of you will carry this to the mountain and quench the fire?"

"Not me," said Mockingbird. "The smoke would hurt my voice and I would never sing again."

"Not me," said Nighthawk. "The smoke would hurt my eyes, and I would never again see in the dark to catch insects."

"Not me," said Canary. "The smoke would dull my feathers."

Tsídii 'áłts'íísí dóó dinilbáá léi' ání, "Shí ko' díneestsis." Áádóó 'Áłtsé 'Asdzáá tó dah yooloh yéé yits'áá' dah yidiilo' dóó dził baah gódei haast'a'. Tó 'áłch'ííidígo ko' yik'i yayiiziid, áádóó ła' nááná, áádóó ła' nááná, nít'éé hodook'áłéégi 'áhoołts'íísígo yineestsiz. 'Áko nidi t'áá náasdi, nááná łahgi, t'áá yédígo hodook'áá́ł. Tsídiiłbáhí hodook'áłéégi tó t'áá yidziih yéé tsíiłgo yik'i yayiiziid, 'áko nidi hodook'áłéégi yikáá'góó ch'ét'a'go bit'a' yiłbalgo bit'a' bits'á niyoligíí bits'áádóó ko' yéego náádiiltłah. Ko' bits'áníłdoiígíí yee 'ádoodlidgo tó bee naat'áhí yéé nayííłne'. Tł'óół, tó bee naat'áhí bee naadlo'íígíí, yił didoodił yiniiyé yaago yich'į' dah diit'a' nít'éé bitééldéé yidííłid. Bighangóó nát'a'ii' Áłtsé 'Asdzáá 'ádahóót'įįd yéé yee yił hoolne'.

Áłtsé 'Asdzáá 'ábiłní, "Doo nánílyées da lá. K'ad éí Tsídii Bitééł Halchí'í bee daníiníijíí dooleeł. K'ad háánílyį́į́h."

A small gray bird said, "I will put out the fire." And she took the jug from First Woman and flew up the mountain. She poured a little water, then more, then more, and the fire in one small spot was quenched. But it blazed with even greater fury a little farther on. Gray bird quickly poured the remaining water onto the flames, but as she did so, she fanned the blaze even hotter with her flapping wings. The heat seared her and she dropped the jug. When she swooped down to try to catch the braided loop, the fire scorched her breast. She flew home and reported to First Woman.

First Woman said, "You are brave. We will call you Tsídii Bitééł Halchí'í, Robin Redbreast. Now, rest."

Áłtsé Hastiin ání, "Diné łą́ągo nidzin, hodook'ą́ą́łgóó tó deiidookááł biniiyé."

Tsídii dóó Ch'osh ła' ákǫ́ǫ́ tó deeshkááł didooniiłígíí 'ádin. Náshdóíłbáhí dóó shash nidi dooda. Náshdóí bitsiijį' di'iłígíí dóó ma'ii tsoh ałdó' doo 'íinízin da. Náshdóíłbáhí 'ání, "Tó Dine'é 'ábidohní."

'Áłtsé 'Asdzą́ą́ tó háálínígóó níyáá dóó na'ídééłkid, "Háílá hodook'ą́ą́łgóó tó yidoolohgo yee kǫ' yidínóołtsis?"

"Shí 'éí dooda," ní Ch'osh Ch'ééh Digháhii. "Shighan t'áá tádíshjiid dóó hazhóó'ígo nahash'ná. T'áá náá bíláahdi, shí t'áá kǫ́ǫ́ naasháago yá'át'ééh, háálá shito' niłtólígo nihá 'íinísingo nídaohdlį́į́h."

First Man said, "We need many People to take water to the fire."

None of the Birds, and none of the Insects would agree to carry the water. Neither would the lynx nor the bear, the lion nor the wolf. Lynx said, "Ask the Water People."

First Woman strode to the spring and asked, "Who will carry water to quench the fire?"

"Not me," said Snail. "I carry my house with me and I am slow. Besides, I need to stay and keep my spring clean so you can drink its water."

Áltsé 'Asdzą́ą́ tó łą́ą́go nílínígóó dah náádiilwod dóó 'aadi na'ídééłkid, "Tó Dine'é danohłínígíí, tó nááná łahjigo nílį́į́go 'ádaohłéehgoósh t'áá 'áko? Dził bą́ą́hdi hodook'ą́łígíí bich'į'jigo nílį́į́goósh 'ádadohłííł?"

"Dooda," ní Chaa'. "Nihíká 'adiijah daniidzin nidi tó bii' kéédahwiit'ínígíí nááná háajigo da nílį́į́go 'ádeiilyaago 'ałtso nihits'ą́ą́' t'óó halgai hodooleeł."

"Dooda," ní Tóbą́ą́stíín. "Háadish nináádeii'née dooleeł? Háadish kéédahwiit'į́į́ dooleeł?"

"Dooda," ní Tooh Łé'étsoh. "Séí bii' kéédahwiit'į́į́ dooleeł dóó hosh deiidą́ą́ dooleełgo 'ánihidi'doolnííł."

First Woman ran to the River and asked, "Water People, will you change the flow of the river? Will you direct it toward the fire on the mountain?"

"No," said Beaver. "We'd like to help, but our river home would become a desert if we changed the flow of water."

"No," said Otter. "Where would we play? Where would we live?"

"No," said Muskrat. "We would have to live in sand and eat cactus."

Áłtsé 'Asdzáá dził bąąhgi hodook'áłéę yinééł'įį' dóó tó siyínígóó nídiilwod. Nít'éę' íiniizíį', Ch'ééh Digháhii bits'a' nitsaa yéę daats'í łeets'aa' nímazí nahalingo tó yee neiikáa doo.

Ch'ééh Digháhii 'éí tó siyínígíí yibąąhgi 'ałhosh. Áłtsé 'Asdzáá Ch'ééh Digháhii ch'íinísid áádóó neiiyídééłkid, "Ch'ééh Digháhii Hastiin, dził bąąhgi kǫ' dook'áłígííyísh dínííłtsis?"

Ch'ééh Digháhii bits'a' yiyi'déę' bik'os yideests'ǫ́ǫ́d, kǫ' yidínóoł'įįł yiniiyé. 'Áádóó 'ání, "Shito' siyínígíí dził bik'i yaaziidgo tó yidooląął, dóó kǫ' dook'áłígíí t'áá bił aheełt'éego bááhádzid dooleeł. Diné t'áá'ałtso tóniteel yiyi'jį' ch'ídahidoo'oł." Áádóó nídiich'ahgo, bits'a' yiih nánoot'ą́ą́ dóó ná'iiłhaazh.

First Woman looked at the fire burning on the mountainside and raced to the lake. She thought Turtle might use his huge shell as a bowl for carrying water.

Turtle was slumbering at the edge of the lake. First Woman woke Turtle and asked, "Hosteen Turtle, will you quench the fire on the mountain?"

Turtle stretched his head from his shell and looked at the fire. He said, "If I poured my lake on your mountain, the flood would be as bad as the fire. All the People would be washed to the ocean." And with a yawn, Turtle pulled in his head and went back to sleep.

Áłtsé 'Asdzą́ą́ dził bą́ą́hgi kǫ' t'áá yédígo dah nidinaadgo yiyiiłtsą́. Tó Dine'é, tó hadaazlį́į́gi dóó tooh danílį́į́gi dóó tó siyínígi kéédahat'ínígíí ch'ééh tó yíyííkeed, kǫ' bee dínóoltsis biniiyé. Tó nídeiigeehgi bito'ígíí t'éiyá yidziih. Yéego dahoditłéé'góó dóó ch'il nidanise'go yíl'áágóó 'Áłtsé 'Asdzą́ą́ yílwod. 'Áadi Ch'ał táłkáá' dah yikał yikáa'gi sidáá lágo yik'íníyá.

Ch'ał bikágí t'áá sahdii 'át'é. Bikágí 'éí yistł'ǫ́ nahalingo biih dahaasdzą́ą́ dóó tó yits'ǫǫsí yilcháázhígíí nahalin dóó tó lą́'í bii' háádíbį́į́h. Łahda Ch'ał bikágí 'ałch'į' kónáyiil'į́į́hgo tó bą́ą́h hanánahgo bits'ą́ą́dóó 'áhí dootł'izhgo bił dah shoogish nádleehgo yee na'ídínil'in łeh. Éí doodago, bikágí 'ałch'į' kónáyiil'į́į́hgo tó ła' bą́ą́h hanánahgo tó yii' sidáa łeh. Áłtsé 'Asdzą́ą́ Ch'ał bikágí kót'éhígíí bił bééhózingo biniinaa Ch'ał yich'į' bá'áhwiinít'į́. Ch'ał nayídééłkid, "Shik'is Ch'ał, níléí dził bą́ą́hgóó nito' ła' dííkáałgo kǫ' bee níłtséesgoósh bíighah? Bee 'iniihígíí bee nihíká 'íínílwodgo ts'ídá yéego baa 'ahééh daniidzin dooleeł."

First Woman looked at the mountain, now bursting with flames. She had tried to get help from the People of the spring, river, and lake. Only the deep swamp was left. She raced to where the bulrushes grew and found Frog sitting on a lily pad.

Frog wore a most unusual coat. Woven of porous stuff, it was like a sponge and could hold a great deal of water. Sometimes he would squeeze out just enough water to conceal himself in a blue fog. Or, he would squeeze out enough so that he could sit in his own pool of water. Knowing all this about Frog, First Woman was especially polite. She asked, "Frog Friend, could you take some of your swamp water to quench the fire on the mountain? We would be so grateful for your magic."

Ch'ał bináá' háá'áago 'Áłtsé 'Asdzą́ą́ yilááhgó'ą́ą dził bą́ą́hgi hodook'ą́łę́ęjį' déé'íį'. "T'áá shį́į́
haada 'ádoonííł," ní Ch'ał bizhí' tsohgo, 'áádóó 'ánáádi'ní, "T'áá shį́į́ haada 'ádoonííł, t'áá shį́į́ haada
'ádoonííł." Ch'ał tó 'ayóó 'íídéetą́ą'go nídeiigeehígi 'ałníí' góyaa dah neeshjį́įd. Ch'ał bikágí tó yii' héél
'ííléehgo 'Áłtsé 'Asdzą́ą́ dóó Naat'agii Dine'é tóhę́ę yaa 'anool'ą́ą́łgo deiinéł'į́.

Ch'ał tó nídeiigeehdę́ę' hanásdzá, tó yooyéełgo. 'Áádóó Ch'ał 'ání, "Háílá shooyéeł dooleeł?"

Frog's bulging eyes looked past First Woman to the blazing mountain. "Perhaps," he croaked.
"Perhaps. Perhaps." Frog dived deep into the center of the swamp. First Woman and the Water Birds
watched the marsh water get lower and lower as Frog sponged it up.

Frog emerged, loaded with water, and said, "Who will carry me?"

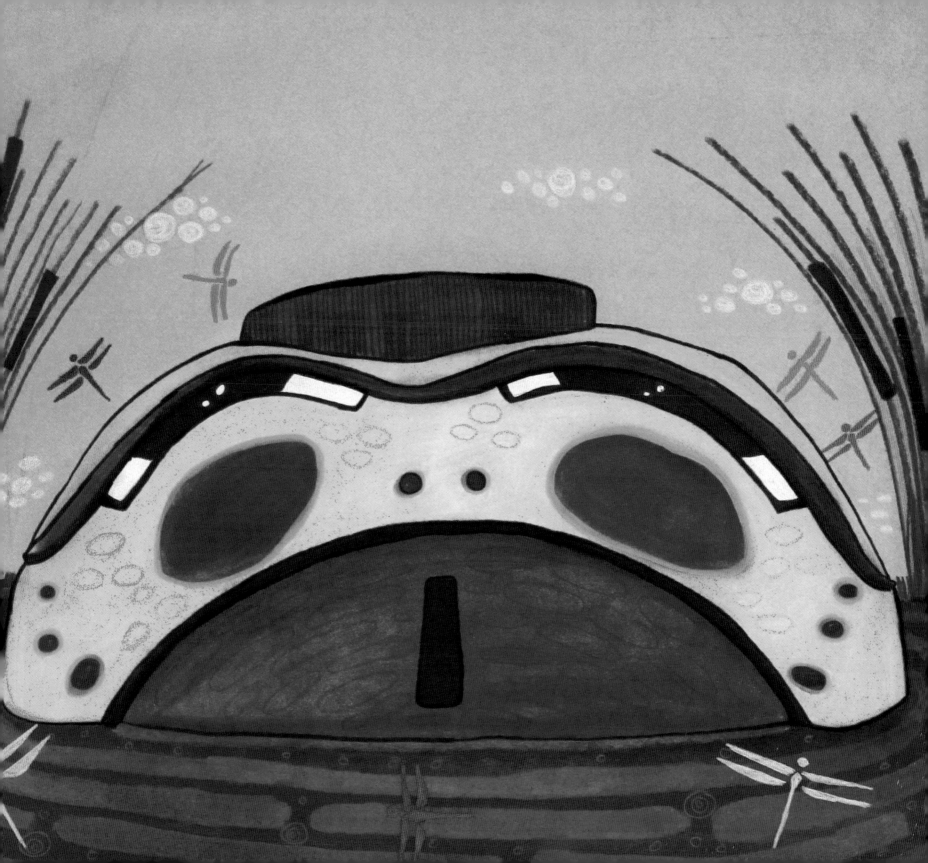

Áltsé 'Asdzą́ą́ tółkáá' dahikał bikétł'óól Ch'ał bik'inidoolt'ih yiniiyé yibizhgo na'ídééłkid, "Háí lá Ch'ał yooyéeł dooleeł?"

"Shí łą́ą!" níigo Tátł'ááh Ha'aleeh hadoolghaazhii' ak'inaazt'i'í yisił. Yéego bit'a' yiłbal nidi, t'áadoo Ch'ał néiidiiłtį́į da.

"Shí łą́ą!" níigo Tółkáá' Naalzheeh ádíiniid, 'ako nidi t'óó k'asídą́ą' tábą́ą́hdóó Ch'ał dah yidiiłch'ą́ą́l.

Shí łą́ą," ní Naal'eełii Keelóól, áko nidi t'óó k'asídą́ą' ch'il tsoh bílátahjį' Ch'ał dah yidiiłch'ą́ą́l.

Shí łą́ą," ní Naal'eełii Jádí. Naal'eełii Jádí bíláshgaan yee 'ak'inaazt'i'í yósha'go, bit'a' niteełę́ę yiłbal, áádóó hazhóó'ígo, ts'ídá hazhóó'ígo Ch'ał yót'ááh gódei dah yidiiłch'ą́ą́l. 'Áko nidi Naal'eełii Jádí dził yich'į' yit'ahgo yaago dóó hózhǫ́ yaago deest'a'. "Ch'ał, k'ad nanisht'e'," ní Naal'eełii Jádí. "Nííníshtą'go doo shá bíighah da silį́į'."

As she wove a harness of lily roots, First Woman asked, "Who will carry Frog?"

"I will," called out Kingfisher, grabbing hold of the harness. However, as hard as he flapped, he could not lift Frog.

"I will," screeched Fishhawk, but Fishhawk barely got Frog off the shore.

"I will," trilled Grebe, but barely lifted Frog above the bulrushes.

"I will," called Crane. Crane held the harness in his talons, flapped his huge wings, and slowly … slowly, Frog rose through the sky. But as Crane approached the mountain, he flew lower and lower. "I must drop you, Frog," he said. "I cannot hold you any longer."

"Áłtsé," níigo Ch'ał hadoo'níí'. "Tó ła' ádąąh yiishnih, áko t'áá 'áníszólí dooleeł." Ch'ał bikágí yilcháázhígíí tó t'áá 'áłch'įįdígo yąąh yiznih, áádóó 'éí tóhígíí bits'ąądóó łizhingo nááłtą. Nít'ę́ę́' náhookǫsjigo dził bąąh hodook'ą́łígíí yineestsiz. "Sssss," yiits'a'go siil diłhiłgo bił dah a'diijool.

Naal'eełii Jádí dził yáhátxis yit'ahgo łahdę́ę́go yít'a'. Áko 'ání, "Ch'ał, k'ad t'áá'aaníí nidishchííd. Ayóo yee' nídaaz."

"Wait," croaked Frog. "Let me release some water and I'll be lighter." Frog squeezed one quarter of the water from his spongy coat, making black rain fall. It quenched the fire on the north side of the mountain. With a hiss, black mist rose.

Crane flew over the mountain to the opposite side. "Now, I must certainly drop you, Frog. You are just too heavy."

"Áłtsé," níigo Ch'ał bii' nahodi'ni'. Áádóó bikágí yilcháázhígíí tó ła' yąąh náánéíís'nih. Shádi'áahjigo hodook'ąłęę tó dootł'izhgo tsxįįłgo bik'i nááłtą, 'áko ko' yineestsiz. Bits'ąądóó siil dootł'izhgo dah a'diijool.

Ch'ał t'áá 'ászólí silįį'. Áko Naal'eełii Jádí doo hózhǫ́ bá nanitł'agóó Ch'ał yóts'i'go, dził bąąh, ha'a'aahjigo yił yít'a'. Áádóó Ch'ał bikágí yilcháázhígíí tó ła' yąąh náánéíís'nih nít'ęę' bits'ąądóó łigaigo nááłtą. Ha'a'aahdęę' ko' yineestsizgo siil łigaigo 'áyiilaa.

'E'e'aahjigo Ch'ał níłtsą łitsogo yi'níłnii', áko éí bits'ąądóó siil łitsogo dah a'diijool. Dził bąąh ko' dook'ąłęę 'ałtso yineezstsiz.

"Wait," croaked Frog and he released another quarter of his swamp water. A gush of blue rain fell on the south side of the mountain, quenching the fire. A blue mist hissed into the air.

With Frog lightened, Crane easily flew to the east slope where Frog shed another quarter, as white rain, making a white mist.

On the west side, Frog let fall yellow rain, which hissed into a yellow mist. All the fire on the mountain was quenched.

Naal'eełii Jádí dóó Ch'ał níléí tó nídeiigeehę́ędi 'Áłtsé 'Asdzą́ą́ yaa nát'áazhgo 'ałtso ła' yiilyaa níigo yił hoolne'. Ch'ał áні, "Nihito' nídeiigeehę́ę doo 'ánéel'ánéejį' nináádí'nóol'ąął da 'áádóó doo 'íídéetą́'ą́ąjį' anáádí'nóol'ąął da. Tó ła' nihits'ą́ą́' chonáádeiisooł'įįdgo, tó nídeiigeehígíí nihits'ą́ą́' ádoodį́į́ł. Nihighan ádin doo."

'Áłtsé 'Asdzą́ą́ 'ání, "Nito' doo baa nínáádadíít'įįł da k'ad. Áádóó dził bąąhgi tó t'áá'ałtso hadaazlį́į́go dóó naazyį́įgo 'óołaaígíí, ni dóó Naal'eełii Jádí, nihíí' dooleeł. T'áá biłgo, Naal'eełii Jádí, ni tó naazyínígíí dóó tó naazkánígíí bikáa'gi 'áhí łigaigo dah nídiildohígíí bee níhólníih dooleeł, 'áádóó Níłtsą́ Naat'agii bee daníínííjíí dooleeł. Ch'ał, ni 'éí tó nídeiigeehgóó bikáa'gi 'áhí dootł'izhgo dah nídiildohígíí 'éí ni dooleeł, 'áádóó níłtsą́ yíníkeedgo bíká 'ádíníi dooleeł."

Crane and Frog returned to the marshland and told First Woman that they had completed the task. Frog said, "Our swamp will never again be as wide or as deep as it was. If you use any more of our water, we will have no marsh left. No home."

First Woman said, "We will leave you your waters. And all the springs and pools that you left on the mountain will be for you and Crane. In addition, Crane, you will have charge of the white mists that rise from lake and pond and we will call you Rainbird. Frog, you will have the blue mists hovering over marsh and swamp, and you will call the rain."

The mists of the four colors that hung over
the mountain gathered into clouds. First Man said,
"These clouds will drop more rain."

First Woman said, "We must have rain showers
over all the land." She sent a message to the Wind People
who blew the clouds in all four directions. The black clouds
moved to the northern peaks, the white to the east, the blue
to the south, and the yellow to the west.

'Áhí díí' ał'ą́ą́ 'ádaat'éego
nidaashch'ą́ą́'go dził bik'i dah shoogish yéę
'ałch'į' ałhą ádaadzaago k'os nídaasdlį́į́'. Áłtsé
Hastiin 'ání, "Díí k'osígíí bits'ą́ą́dóó lą'ígo
ninááhodoołtį́į́ł."

Áłtsé 'Asdzą́ą́ 'ání, "Kéyah ts'ídá t'áá
náhwiis'ą́ą́ nít'ę́ę́' bikáá'góó nida'dizhołgo
nináháltį́įh dooleeł." Áłtsé 'Asdzą́ą́ Níyol Dine'é
yich'į' hane' áyiilaago 'éí bik'ehgo t'áá díį́'jigo k'os
deiisołgo yida'iisnii'. Náhookǫsjigo k'os diłhiłígíí
dah diildoh; ha'a'aahjigo 'éí k'os łigaiígíí dah diildoh;
shádi'áahjigo 'éí k'os dootł'izhígíí dah diildoh; áádóó
'e'e'aahjigo 'éí k'os łitsooígíí dah diildoh.

Díí jíígóó, Ch'ał níłtsą́ yiká 'áníigo, "Har-ar-umph. Har-ar-umph," níi łeh.

To this day, Frog summons the rain showers by calling, "Har-ar-umph. Har-ar-umph."

*Frog Brings Rain* is a retelling of the Navajo folktale, "Frog Creates Rain," found in Frances Newcomb's *Navaho Folktales*[1]. Frances Newcomb ran a trading post on the Navajo Reservation near Blue Mesa with her husband in the early 1900s. The Navajo caretakers who looked after the Euro-American Newcomb children told them this and other Navajo stories. By the time *Navaho Folktales*[1] was published, Frances Newcomb had become so immersed in Navajo culture, under the tutelage of the legendary medicine man Hosteen Klah, that she was allowed to attend sacred Navajo ceremonies. These ceremonies often included stories.

I found no other written variants of the story. I consulted with Navajo scholar, Peter Thomas, and library and folklore scholar, Janice Del Negro, both of whom concur that there may be no other written versions. With the input of my editor, Jessie Ruffenach, and in consultation with the knowledgeable Peter Thomas, I created this spare retelling from Newcomb's longer lyrical story.

[1] Newcomb, Franc Johnson. *Navaho Folktales*. Santa Fe, NM: Museum of Navaho Ceremonial Art, 1967.

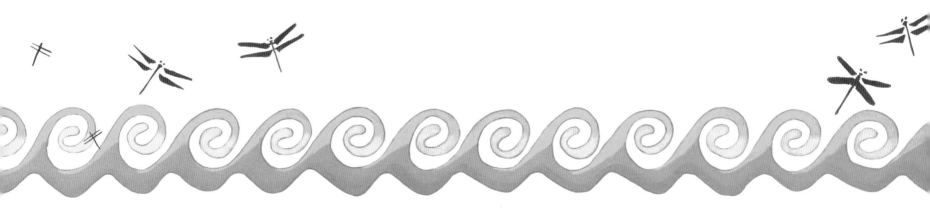